Un personnage de Thierry Courtin
© 2021 pour la première édition
92, avenue de France, 75013 Paris
ISBN : 978-2-09-249164-5
Loi n°49-956 du 16 juillet 1949
sur les publications destinées à la jeunesse,
modifiée par la loi n°2011-525 du 17 mai 2011.

Achevé d'imprimer en octobre 2025 par Toppan Leefung (Chine).
N° d'éditeur : 249164/10310720 – Dépôt légal : juillet 2021.

Ce livre est imprimé sur du papier issu de forêts gérées durablement.

# T'choupi
## mange de tout

Illustrations de Thierry Courtin

Aujourd'hui, T'choupi s'est bien amusé chez papi et mamie. Pour le dîner, papi a préparé des pâtes.

Mais devant son assiette,
T'choupi fait une drôle de tête.
— Pourquoi il y a des morceaux
verts ?
— Ce sont des courgettes.
Elles viennent du potager
et sont délicieuses, dit mamie.

– Je n'aime pas les courgettes,
dit T'choupi en triant dans son
assiette.
– Mais tu ne les as même
pas goûtées ! regrette mamie.

Le lendemain, papi a une idée.
Il emmène T'choupi dans
le potager.
— Tu vois cette fleur jaune ?
Regarde ce qu'il y a dessous.
— Oh, mais c'est une courgette,
dit T'choupi !

T'choupi ramasse des courgettes, des tomates et des pommes de terre.
– Bravo, on va pouvoir faire une bonne soupe, dit papi !

T'choupi aide papi à laver les légumes. Il y a un peu de terre dessus, il faut bien les rincer.

Puis T'choupi coupe
une courgette et papi met
les légumes dans une marmite.
– Quand ils seront cuits, on les
écrasera, explique papi.

— Elle a quand même une drôle de couleur, cette soupe, dit T'choupi.
— Un peu de patience, attends de la goûter, répond mamie.

Mamie dessine un bonhomme avec un peu de crème.
— Mmm, tu as raison mamie, il est trop bon ce bonhomme en soupe, se régale T'choupi.

– Attendez, il manque quelque chose ! dit T'choupi…
Une fleur de courgette pour faire une belle table de fête !

Et toi, quel est ton repas préféré ?

# Découvre d'autres aventures de T'choupi

1. veut un chaton
2. ne veut pas prêter
3. n'a plus sommeil
4. jardine
5. fait du vélo
6. est trop gourmand
7. est en colère
8. s'amuse sous la pluie
9. se déguise
10. fête Noël
11. se baigne
12. fait un bonhomme de neige
13. fait une cabane
14. rentre à l'école
15. a peur de l'orage
16. a une petite sœur
17. se perd au supermarché
18. prend le train
19. part en pique-nique
20. est malade
21. fait une surprise à maman
22. fête son anniversaire
23. a perdu Doudou
24. fête Halloween
25. fait un gâteau
26. va au cirque
27. fait de la musique
28. veut regarder la télé
29. fait un tour de manège
30. s'occupe bien de sa petite sœur
31. fait la sieste
32. est fâché contre papa
33. va sur le pot
34. a peur des chiens
35. cherche les œufs de Pâques
36. prend son bain
37. veut tout faire tout seul
38. aime la galette
39. ne veut pas se coucher
40. va à la piscine
41. fait des bêtises
42. part en vacances
43. est poli
44. s'habille tout seul
45. fait du poney
46. a une nouvelle nounou
47. a la varicelle
48. dort chez papi et mamie
49. bientôt grand frère
50. déménage
51. fait du bateau
52. mange à la cantine
53. a un bobo
54. a une amoureuse
55. va à la ferme
56. n'aime pas la bagarre
57. fait du ski
58. n'a plus de tétine
59. joue au tennis
60. dit non !
61. a peur du noir
62. fait du camping
63. champion de foot
64. joue à cache-cache
65. se brosse les dents
66. va au zoo
67. fait de la trottinette
68. fait des crêpes
69. ne fait plus pipi au lit
70. va à l'aquarium
71. adopte un chiot
72. mange de tout
73. soigne un oiseau
74. range sa chambre
75. a des lunettes
76. n'aime pas perdre
77. part en vacances chez papi et mamie
78. prend l'avion
79. se promène en forêt
80. visite la caserne de pompiers
81. part à l'aventure
82. a un nouveau copain
83. dort chez un copain
84. va à la fête foraine
85. visite Paris
86. écrit au père Noël
87. visite la France

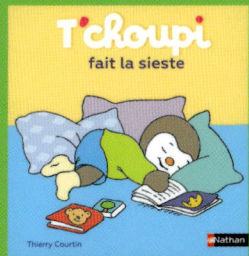
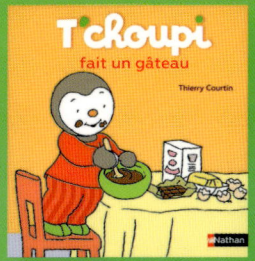
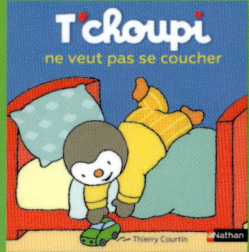

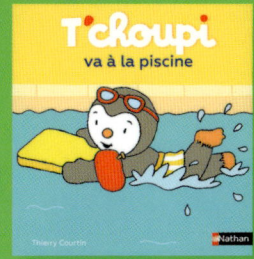